Sarah Marie

DIE STILLE ZWISCHEN LAUTEN TAGEN

24 poetische Momente
für Ruhe im Advent

LAGO

Verbring mit mir ’nen Zeitlupenmoment
in dem der Zeiger zwischen Zahlen hängt
in dem ein warmer Dampf aus Tassen steigt
die Welt für eine Atempause schweigt

In dem zwar alles ist, wie es zuvor war
doch wir nehmen intensiver wahr
achten mal auf das, was uns umgibt und
spüren unser Gestern etwas nach

Hörst du was? Wenn ja, wie klingt es grad?
Fühlst du was? Und wie fühlt sich das an?
Gibt es etwas, was dir heute gut tut?
Welche Farben nimmst du um dich wahr?

Lass diesen Moment kurz auf dich wirken
Er ist genau so lang, wie du es willst
Die Zeitlupe hört ganz auf dein Kommando
und endet, wenn du nicht mehr achtsam bist

Dem Leben wohnt ein großer Zauber inne
Im Zeitlupenmoment ist er zu sehen:
Wir können dem Tag nicht mehr Minuten schenken
doch die Minuten voll Bewusstsein leben

1. Dezember

Welches Geräusch macht die Stille?
Ich hör auf und hör ganz genau hin
Hör ein Piepsen, ein Murmeln, ein Knacken
Hör Gedanken durch Synapsen schwingen
Die Stille macht mich längst nicht still
Sie tappst rum und sie schnurrt um mein Bein
rauscht durch Rohre und knirscht durch den Schnee
fordert aufdringlich Aufmerksamkeit

Stille kann unendlich laut sein
Stille im Außen heißt nicht
dass Ruhe in mir drinne einkehrt
wenn mein Herz in Aufruhr ist

Welches Geräusch macht die Ruhe?
Sie braucht etwas Zeit zum Erklingen
Warte ab – und dann spielt sie musikgleich
im Klangraum des Herzen, im Innen
Und du merkst:
auch die Ruhe, sie schweigt nicht
klingt wie ich, die ich mich wieder spür
Sei die Welt noch so still, echte Ruhe
muss von Innen mein Außen erfüllen

2. Dezember

Es ist genug – ich darf jetzt Pause machen
Nur weil es besser sein kann, heißt das nicht
dass ich es bis zur Perfektion veränder
Ich bin auch unperfekt noch stolz auch mich

Ich hab das Recht, mein Ziel neu zu justieren
grad wenn ich spür: »Ich will da nicht mehr hin«
Ein Mensch verändert sich, auch ich darf wandeln
Ich bleibe wertvoll, einfach weil ich bin

Das ganze Leben kann mich etwas lehren
Auch Loslassen führt manchmal zum Erfolg
Auszuruhen ist nun aktiver Teil von
dem Plan, dem ich zur Lebensfreude folg

Es ist okay, mal etwas abzugeben
Grenzen setzen macht mich letztlich stark
Ja, ab heut bewahr ich meinen Frieden
indem ich auch mal »Nein« zu etwas sag

3. Dezember

Dein Gesicht war niemals zum Erstarren bestimmt
als Betrachter seiner Selbst in etwas Glas
Deine Augen voll Tränen, weil ihnen nicht gefällt
was sie sehen, zu versteinert, zu nah
Dein Gesicht war niemals zum Gefrieren bestimmt
als Gefangener eines Moments
Deine Mimik hat Millionen Facetten, damit
wer dich einfangen will, dich nicht fängt

Deine Schönheit zu greifen, unmöglich
Wie der Griff nach dem Wind – er entrinnt
spielt mit Blättern und lässt Sterne funkeln
und lässt sich doch im Standbild nicht finden
Du, mein Herz, bist noch mehr als ein Kunstwerk
Kein Porträt deiner Selbst kommt dir gleich
Du, mein Herz, bist 'ne Lebenserfahrung
die sich erst im Bewegtbild ganz zeigt

Bist Zusammenspiel aus Blick und Stimme
Bist der Tanz deiner Schritte, das Licht
lässt dein Haar je nach Sonnenstand schimmern
malt dir Schatten auf Haut und Gesicht
Du bist Flutwellen von Emotionen
die um Ausdruck in deiner Miene ringen
Bist ein Kinofilm schönster Erinnerungsszenen
die in Köpfen von anderen nachklingen

Du bist Geruch und der Klang deines Lachens
Du bist die Art, wie du andere fühlen lässt
Deine Augen sind Tor deiner Seele
und dein Mund eine Brücke zur Welt
Du bist gewaltig, so schön, dass kein Abbild
auf Papier oder Glas es je zeigt
Wer du bist, zeigt sich mitten im Leben
wo die Schönheit wie Wind um dich peitscht

4. Dezember

Willst du wirklich niemals Fehler machen?
Willst du wirklich niemals daraus lernen?
Willst du wirklich nie Gnade erleben?
Und dadurch zu den Menschen gehören
die die Messlatte anderen zu hoch stellen?
Die selbst gnadenlos sind, weil sie nie
liebevoll Rücksicht erfahren haben
so perfekt, aber kalt irgendwie?

Ja, vielleicht ist dein Fehler kein Makel
Er zeigt letztlich nur eins: Menschlichkeit
So verbindet er unsere Seelen –
irgendwie fast zum Dankbar für sein

5. Dezember

Seit ich dich kenne, weiß ich:
Echter Mut ist manchmal leise
Echte Stärke, die beweist sich
darin, in einer lauten Zeit
nicht lauter, sondern still zu sein

Inmitten all des Lärms stehst du
mit einer Ausstrahlung der Ruhe
Und deine Stille scheint zu rufen:
»Ich bin präsent, ich hör dir zu«

Und das ist eine Einzigart
die diese Welt zu selten hat
Ich hoff, dass du erkennen kannst
dass deine Stille Einfluss hat

6. Dezember

Vielleicht lag heute was in deinen Schuhen
Vielleicht hat heute wer an dich gedacht
Vielleicht waren sie aber gänzlich leer und
nur du hast jemand andern froh gemacht
Wenn dem so ist, leg ich in deine Schuhe
heute ein paar Wünsche nur für dich
Ich bete sie von Herzen für dein Leben
und hoffe, sie erfüllen sich für dich:

Dein Lebensweg sei von hier an nicht einfach
Ein leichter Weg macht Herzen stolz und hart
Stattdessen sei dein Lebensweg voll Tage
an denen du das Undenkbare schaffst
Ja, ich wünsch dir Freude grade dadurch
dass du dich ganz oft selber überraschst
Hürden siehst, bekämpfst und überwindest
und am Ende glücklich drüber lachst

Ich wünsche dir nicht, dass alles gelingt, denn
ich wünsch dir Wachstum, in machbaren Mengen
Trial and error – immer mit 'nem Fallnetz
und immer an der Seite lieber Menschen
Dass du lernst, du musst hier nicht perfekt sein
Angst und Schmerz sollen dein Herz nie binden
ein mutig', frohes, aufregendes Leben
sollst du ab heut in deinen Schuhen finden

7. Dezember

Du bist nicht zufrieden mit:
»Das haben wir immer so gemacht«
Malst mit deinen Buntstiften
ganz frei die Horizonte nach
die ich mir selber formte, aber
deine Art der Lebenskunst
öffnet mir 'ne Weltsicht, die
mir neu ist, weit und frei und bunt

Ich wünsch mir junge Augen
um die Wunder dieser Welt zu sehen
Wünsche mir ein altes Herz
um voller Weitsicht durchzugehen
Ich lerne: Dieses Leben lang
lernt nie ein Mensch je aus
und dass es für ’nen freien Himmel
alle Menschen braucht

8. Dezember

Meine Herzklaviatur hat eine Taste
Der Ton, den sie erzeugt, klingt ganz nach dir
Nachdem du gingst, bestand mein ganzes Leben
aus Trauermelodien, gespielt von ihr
Und ich hab lang gedacht, zu trauern hieße
die Taste drücken, so lang, bis sie klemmt
die Taste irgendwann zu überspringen
und sie dann irgendwann nicht mehr zu kennen

Doch wenn mich Trauer seitdem was gelehrt hat
dann ist es dies: Sie bleibt, verklingt nie ganz
Flicht sich hinein in sanfte, neue Klänge
doch bleibt ein Unterton im Lebenstanz
Dein Ton ist nicht die ganze Melodie, doch
immer wieder taucht er darin auf
manchmal wenn ich gar nicht damit rechne
manchmal ganz genau, wenn ich ihn brauch

Dein Ton ist fester Teil von meinem Leben
Manchmal spiel ich ihn sogar bewusst
Erinner mich so gern an deine Worte
Lass sie widerhallen in meiner Brust
Ich schreibe neue, schöne Symphonien
und weiß, du lächelst, wenn ich dazu tanz
Bau mein Leben so, dass ich zwar trauer
doch mit der Trauer weiterleben kann

Bilde Takte aus ganz neuen Noten
Schreibe Pausen in die Zeilen rein
Variier in Tonhöhe und Tempo
Schau immer mal bei deinem Ton vorbei
Und wenn er dann erklingt, ist beides möglich:
Manchmal lach ich, manchmal muss ich weinen
Doch ich will immer lieber mit als ohne
deinen Ton in meinem Herzen sein

9. Dezember

Wasserdampf steigt lichtgeküsst aus Tassen
ein offenes Buch, mein Lieblingsstift vor mir
Geruch von Kaffee legt sich um die Seele
und hilft samt Decke, dass ich nicht mehr frier
Ich nehm mir Zeit, schreib ein paar kleine Worte
darüber, was ich aktuell so fühl
Der Himmel wird von dunkelblau zu golden
um einen neuen Tag zu zelebrieren
Und nichts ist sehr besonders, aber alles
ist irgendwie besonders wunderbar
Ich gönne mir zehn morgenrot Minuten
und nehm das Wunder, hier zu sein, kurz wahr

10. Dezember

Der See ist zugefroren und
mein Herz hat Schlittschuh an
Der Mondschein taucht die Eisfläche
in dimmen Lichterglanz
Es könnte rutschen, stolpern
aber mein Herz wählt den Tanz
dreht langsam Pirouetten
prüft mit Vorsicht, was es kann

Die Welt wirkt wie in Moll geschrieben
tausend Flocken tanzen zum
Takt des Pochens meines Herzens
wiegen sich im Winterblues
Sprungfiguren auf glattem Grund
und Glitzer wirbelt auf
Viel Traurigkeit und Schönheit
so vereint im Eiskunstlauf

»Warum will es jetzt tanzen?«
fragen sich die Wintertage
Sie sind es so gewöhnt, dass man
auf bessere Tage wartet
ohne Eis und Dunkelheit
und ohne Schneegestöber –
doch mein Herz findet Tanzen
in der Eiszeit einfach schöner

11. Dezember

Ab heut hab ich mich lieb genug
um mir genug zu sein
Auch wenn sich nichts bewegt
und ich mir wie Ballast erschein
werd ich mir nicht böse
Ich kehr in die Ruhe ein
Bau ein Zuhause zwischen Knochen
lade mich als Gast hinein

Ich achte auf mich selbst
biete mir an, für mich zu kochen
Sing, während ich Spaghetti rühr
gegen all meine Sorgen
Ich mache mir ein Bett
Schüttle die Kissen extra auf
Ich weiß ja, was mich glücklich macht
und achte extra drauf

dass nur die warmen Lichter leuchten
dass die Musik ganz leise ist
Ich bring mich selbst ins Bett und les
für mich 'ne Gute-Nacht-Geschicht
Ich zähle mit mir Schafe und
ich sag mir: »Ist okay«
Ab heut hab ich mich lieb genug
um mir selbst Raum zu geben

12. Dezember

Ich wünsche mir Frieden
in tausend Facetten
Versöhnung für alle im Streit
Zum Waffenstillstand böser Worte
trag ich heut aktiv etwas bei

Ich wünsche mir Frieden
in Form tiefer Eintracht
Niemand stehe länger allein
Aus Individuen werde Gemeinschaft
und auch ich steh für andere ein

Ich wünsche mir Frieden
als Weltharmonie
Milliarden von Stimmen vereint
Über Grenzen und Sprachen hinweg will
ich offen und liebevoll sein

Ich wünsche mir Frieden
im Lärm dieser Zeit
Stille, dass ich mich wieder spür
und dadurch, dass ich so in mir ruhe
will ich andere zur Ruhe führ'n

Ich wünsche mir Frieden
Natürlich, ich weiß
Weltfrieden wär zu viel zu fragen
Doch jedes Herz – und so auch meines –
kann Frieden in diese Welt tragen

13. Dezember

Ich weiß, du vergisst das oft, aber:
Jeden deiner Schattenkämpfe
hat bisher das Licht gewonnen
Deine Lebensmuskeln sind im
Lauf der Zeit so stark geworden
Blickst du darauf, wer du warst
bist du schon so gewachsen
Dein altes Ich wär stolz auf dich
so klug und so erwachsen

Das grad fühlt sich nicht einfach an –
Na klar, weil es nicht einfach ist!
Du bist hier nicht das Problem
aber du kriegst es in den Griff
Bist nie nur Opfer deines Umstands
immer auch, wer wählen darf
wie du auf das antwortest, was
dir die Welt zu Füßen warf

Leben lebt man manchmal vorwärts
doch meistens im Schleudergang
Und es ist total okay, wenn du
grad nicht weit blicken kannst
Ich kann es – ich seh für dich
Ein Voller-Freude-Leben
Schön, dass es dich gibt, du bist
auf dieser Welt ein Segen

14. Dezember

Donnerndes Gewitter raubt dir
alle deine Wörter
Die Welt ist so unendlich groß
Du nur ein kleiner Körper
Die Last auf deinen Schultern
war lang viel zu schwer zu tragen
Und nun entlädt sie sich in
unaufhaltbaren Kaskaden

Lass den Tränenregen fallen
Weine ruhig und schäm dich nicht
Du warst halt so lange stark
dass es nicht auszuhalten ist
Ein Wolkenbruch im Herzen muss
auch irgendwann mal raus
Die Regenzeit spült all den Schmerz
und all den Kummer raus

Setz dich in die Pfütze
All die Müdigkeit darf sein
Es ist anstrengend, zu lachen
wenn die Seele drinnen schreit
Kein Regenschirm ist nötig
auch ein Auffangbecken nicht
Weil Weinen nichts zum Fürchten
sondern Überleben ist

15. Dezember

Du musst heute nichts tragen
Trag dich selbst nur durch den Tag
Du musst nicht für andere stark sein
gib dir Zeit, iss was und schlaf

Du musst heut nicht perfekt sein
Es reicht, wenn du einfach bist
Es muss heut nicht vorangehen
alles darf bleiben, wie es ist

Du musst heute nichts anfangen
Bitte gib dich nur nicht auf
Leg die Last von deinen Schultern ab
und mach ’ne Pause drauf

16. Dezember

Vielleicht geht's diesen Winter nicht um Wachstum
Es geht nicht um die Knospen, die du treibst

Du musst keine Blüten bilden
Du musst keine Früchte tragen
Du musst keine Äste strecken
Du musst nicht in Größe wachsen

Dieser Winter dient der Wurzelpflege
dem mit dir selber in die Tiefe gehen

dem neue Kräfte sammeln
die sich erst im Frühling zeigen
dem Lockern deines Bodens
dem geduldig mit sich sein

Dieser Winter schenkt dir kein »Wohin«
aber er schenkt dir ein »Jetzt und hier«

in dem du einfach ruhen darfst
und deine Wurzeln pflegst
und somit stärkst, was dich beizeiten
weiter vorwärts trägt

17. Dezember

Wär ich eine Schneeflocke
fiel ich in deiner Nähe
Wäre ich ein Schneemann
will ich vor deiner Türe stehen
Wäre ich der Winter, würd ich
hoffen, dass du Frühling bist
weil der Platz gleich neben dir
einfach mein allerliebster ist

Sätze für 'nen Mensch zu finden
scheint beinah Unmöglichkeit
Keine Zeile dieser Welt fängt
meine Liebe für dich ein
Keine Worte können deinen
Wert für mich erzählen
Doch müsst ich dich beschreiben
würd ich nur die guten wählen

18. Dezember

Ich stell mir vor, Magnolien blühen
statt schneebedeckter Tannen
Ich sag der Sonne, dass sie heut
nicht Pause machen kann

Baue mir ein Iglu
nur für Schoko- und Vanille-Eis
Decke es mit Kirschen
und dann ess ich es im Sonnenschein
Meine Nase rötlich
nicht vom Frost, nur leichter Sonnenbrand
Tret ich aus der Tür
steh ich auf schneeweißestem Meeresstrand

Statt Pfützen seh ich Ozeane
lausche ihren Wellen
Nachts bleib ich bis zehn Uhr draußen
tu als sei es hell

Erdbeeren statt Orangen
und ein Eiskaffee statt Tee
Der Winter wird mir kunterbunt
mit etwas Fantasie
Man kann dem Herz zwar Sonnenlicht
und Wärmestunden nehmen
doch innerlicher Sonnenschein
lässt mich im Frühling leben

19. Dezember

Der Baum war leer
dann sah ich kleine Meisen
Sie hüpften auf den Ästen auf und ab
Mein Blick folgte den Vögelchen ins Weite
Naturspektakel, fast hab ich's verpasst

Der Himmel war nichts
als 'ne dunkle Fläche
doch ich sah hin und Sterne tauchten auf
Je länger ich verweilte, wuchs die Zahl an
erst drei, dann zehn und irgendwann die Tausend

Die Welt ist leer
und alles ist Gewohnheit
Doch sie ist so viel mehr als grau und trist
wenn wir uns nur die Zeit nehmen und hinsehen
wie schön eine Momentaufnahme ist

20. Dezember

Kometen kollidieren miteinander
Ein Feuerwerk im Weltall zelebriert
Geburten von Milliarden neuer Sterne
während sie anderswo grad implodieren
Unzählbar sind die Galaxien da draußen
In einer davon leben du und ich
kreisen auf einer Kugel um die Sonne
die hundertzehnmal größer als wir ist
Auf Jupiter toben grad Wirbelstürme
und roter Sand verteilt sich auf dem Mars
auf Erden malt die Sonne bunte Farben
zum Abschied und zum Start von jedem Tag
Und all das passiert grade parallel und
während es passiert, sitze ich hier
schau staunend zu den Sternen auf und denke:
Welch ein Geschenk, dass ich gerade existier

21. Dezember

Ich glaub, ich würde nichts verändern
und ich hader nicht mit mir
Jeder Fehler macht mich besser
und ich bin noch immer hier
um mein Morgen zu gestalten
um mein Gestern zu studieren
Würd ich alle Fehler löschen
wäre nichts mehr da von mir

Ich bin Ergebnis all der Tage
die nicht liefen, wie gedacht
Ich bin Kunstwerk all der Tiefen
und Fehltritte, die ich tat
Ich fand immer eine Lösung
und so wird es morgen auch
Ich bin Zeugnis eines Lebens
das aus Fehlern Schönheit baut

22. Dezember

Atme ein ...
Lass Luft der Gegenwart dein Herz umströmen
Sei kurz bewusst in deinem Jetzt und Hier
die Stille zieht umher und sucht Vertraute
und findet einen Zuhörer in dir

Atme aus ...
Luft fließt dir durch deinen Kopf und Körper
greift Ängste, Stress und macht sie schwerelos
Trägt alles raus, was dir den Atem raubte
macht Großes klein, die Kleinigkeiten groß

Atme ein ...
Lass jeden Atemzug dir neu versprechen
dass dieses Leben so viel für dich hält
Da liegen Tage voller Schönheit vor dir
Dir ist noch so viel Atemluft geschenkt

Atme aus ...
Zähle ein paar wertvolle Sekunden
Sie wären sowieso grade passiert
Wie gut, dass du sie ganz bewusst genutzt hast
um Durchatmen im Trubel zu trainieren

23. Dezember

Geschenkte Blumen sind immer
so viel schöner als erkaufte
Ein selbstgekochtes Essen immer
leckerer als Bestellt
Es ist die liebe Geste
die der Sache Seele gibt
weil Wert nicht in der Sache selbst
sondern im Herz dahinter liegt

Du hast nie nichts zu geben
Du kannst das Kleinste ja mit Liebe machen
Dein »Wie« wird viel mehr als dein »Was«
den Unterschied für andere machen
Du musst kein reicher Mensch sein
um andere reich zu beschenken
Wer Liebe durch die Tage trägt
kommt nie mit leeren Händen

24. Dezember

Es war mal eine kleine Welt
die weinte jede Nacht
weil sie sich große Sorgen
um die Menschenzukunft macht
»Was wird morgen werden?«
und: »Wie kann ich alle retten?«
»Schau, wie sie sich hassen und
sich bis aufs Blut bekämpfen«

Die Angst nahm überhand und
alle Welt stand auf der Kippe
Da sah sie eines Abends einen
Stern über der Krippe
Darin ein Kind, man sagte er
sei *Jesus* – Gottes Sohn
und dass, durch ihn, Gott selber nun
unter den Menschen wohnt

Und gibt es etwas Größeres?
Der große Gott, ganz klein
»Fürchte dich nicht«, sprach er
in die Angst der Welt hinein
Flutet sie mit Liebe, Gnade
und mit seiner Gegenwart
Wird von einem Krippenkind
zu dem, der alle retten kann

»Du musst nicht länger rennen, Welt«
sprach er mit ruhigem Klang
»Ich bin hergekommen, dass
du endlich ruhen kannst« –
»Jeder Mensch mein Kind«, sagt er
»Ich hab sie gut im Blick«
Drum: Fürchte dich nicht, kleine Welt
denn Jesus hat dich lieb

In der Morgenröte lief
ein tiefgebeugter Mann
Griff in seine Taschen rein
tat, was er tun kann
Hatte niemals viel, doch
stets genug, um was zu geben
Legte Cents in Schuhe und
Hoffnung in andere Leben

Niemand kannte sein Gesicht
und wusste seinen Namen
Man nannte ihn hochachtungsvoll
»Den Mann der guten Gaben«
Er legte Brot auf Türschwellen
Er wusste, wo man's brauchte
Legte Holz vor Häusern ab
wo kein Schornstein mehr rauchte

Seine Schneespur endete
verweht im Zeitensand
Man dachte: »Jetzt bleibt keiner mehr
der anderen helfen kann«
Doch kleine Füße traten bald
in seine Spuren rein
Ein Kind befüllte Nachbarsschuh
mit süßen Leckereien

Ein Greis band heimlich an Laternen
selbstgestrickte Wollschals fest
Ein Fremder zahlte Rechnungen
und nahm wem seine Sorgen weg
Und so wurd' die Geschichte
wunderbar weitergeschrieben:
»Der Mann der guten Gaben«
war'n mit einem Mal ganz viele

Wo Güte durch die Türen schneit
dort geht der Mann mit tausend Beinen
Kann ein kleiner Junge oder
eine alte Witwe sein
Wer sich selbst ein Herz fasst
und wer ungefragt was teilt
webt sich selbst in die Legende
vieler guter Taten ein

Drum wenn du heute schneeverfroren
deine letzte Münze schenkst
jemandem ein Lächeln gibst
und nicht nur an dich selber denkst
dann lausch mal in den Wind hinein
denn er flüstert dir zu:
»Der Mann der guten Gaben, ja –
für heute warst es du«

Momente, in denen ich innehalten konnte:

Bibliografische Information der Deutschen Nationalbibliothek
Die Deutsche Nationalbibliothek verzeichnet diese Publikation in der Deutschen Nationalbibliografie.
Detaillierte bibliografische Daten sind im Internet über https://dnb.de abrufbar.

Für Fragen und Anregungen
info@m-vg.de

Wichtiger Hinweis
Ausschließlich zum Zweck der besseren Lesbarkeit wurde auf eine genderspezifische Schreibweise sowie eine Mehrfachbezeichnung verzichtet. Alle personenbezogenen Bezeichnungen sind somit geschlechtsneutral zu verstehen.

Originalausgabe
1. Auflage 2025

Türkenstraße 89
80799 München
Tel.: 089 651285-0

Redaktion: Nora Schmitt
Umschlaggestaltung: Isabell Dorsch
Umschlagabbildung und Abbildungen im Innenteil:
Net Vector, Twins Design Studio
Layout: Manuela Amode
Satz: Christiane Schuster | www.kapazunder.de
Druck: Livonia Print, Riga, Lettland
Printed in EU

Wir produzieren nachhaltig
www.m-vg.de

ISBN Print 978-3-95761-260-1